Analyse de l'œuvre

Par Natacha Lafond

L'équilibre est un courage

Pierre de Villiers

lePetitLittéraire.fr

Analyse de l'œuvre

Par Natacha Lafond

L'équilibre est un courage

Pierre de Villiers

Rendez-vous sur lepetitlitteraire.fr et découvrez :

Plus de 1200 analyses
Claires et synthétiques
Téléchargeables en 30 secondes
À imprimer chez soi

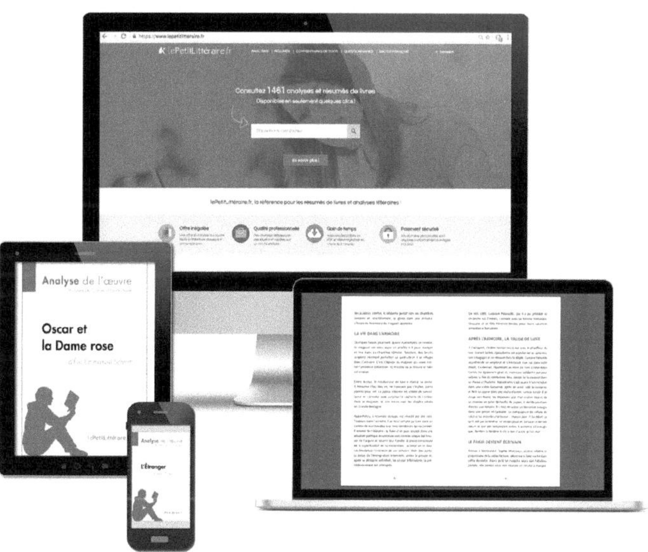

L'ÉQUILIBRE EST UN COURAGE

ESSAI SUR LA FRANCE D'HIER ET D'AUJOURD'HUI

- **Genre :** Politique
- **Édition de référence :** *L'Équilibre est un courage*, Paris, Fayard, 2020.
- **1re édition :** 2020
- **Thématiques :** royalisme, nationalisme libéral, famille, expérience militaire, bonheur, traditionalisme et modernité.

Dans son troisième essai, publié en 2020, Pierre de Villiers, général d'Armée, se tourne vers les questions qui divisent le paysage français. Alors que dans *Servir* et dans *Qu'est-ce qu'un chef ?*, il évoquait avant tout le service qu'il représente, dans ce livre, il s'appuie sur sa longue expérience et sur sa réflexion, nourrie par l'histoire culturelle, pour tirer la leçon de la situation française actuelle et dessiner les contours d'un programme politique inavoué. Pierre de Villiers dresse ici un bilan général des fractures et de ses attentes pour y faire face. Il s'adresse ainsi aux Français, pour les rendre attentifs à leur responsabilité dans une situation difficile : l'équilibre du pays étant en péril, c'est à chacun d'avoir le courage d'y faire face. Le domaine militaire, loin d'y être considéré comme un domaine à part et, pour certains, désuet, pourrait constituer un vivier d'exemples, où le courage est une condition nécessaire pour restaurer l'image de la France.

Dans un dernier temps, l'auteur propose une réflexion plus générale sur la philosophie de sa politique et sur les valeurs qu'elle défend, au nom du Bonheur de l'Homme et de la paix dans le monde.

PIERRE DE VILLIERS

ÉCRIVAIN FRANÇAIS, GÉNÉRAL D'ARMÉE

- **Né en 1956 à Boulogne en Vendée**
- **Quelques-unes de ses œuvres :**
  - *Qu'est-ce qu'un chef ?* (2018), essai
  - *Servir* (2017), essai
  - *Chansons* (1997), musique

Issu d'une grande famille vendéenne, noble et rurale, réputée pour son charisme culturel, notamment au *Puy du Fou*, au nom de la tradition d'une lignée importante, Pierre Le Jolis de Villiers de Saintignon, dit Pierre de Villiers est, à son tour, père de six enfants.

Après des études à l'École Militaire Spéciale de Saint-Cyr, il devient chef de peloton et obtient plusieurs grades, entre 1978 et 2003. Puis, pendant une douzaine d'années, il a des responsabilités à l'État-Major de l'armée de Terre, au ministère de la Défense. On lui confie des postes de plus en plus importants, au sein des ministères et des écoles attachées à l'armée, avant de le nommer commandant d'Armée pour des missions importantes à l'étranger, au nom de l'ONU, par exemple, en Afghanistan. Conseiller du chef du gouvernement au ministère de la Défense, de 2008 à 2010, il est nommé major général des Armées en 2010.

Ces expériences politiques, depuis les années 2004, l'ont conduit à accepter un poste de ministre dans le gouvernement d'Emmanuel Macron, en 2016, qu'il quitte assez rapidement pour se tourner vers le monde des entreprises privées et vers l'écriture de trois essais politiques, qui forment un ensemble, inspiré par le genre des mémoires.

Plusieurs médailles lui sont remises, du Grand Officier de la Légion d'Honneur à la médaille de la Défense nationale, avec une mention or, sur le plan national, sans oublier les distinctions étrangères de la part de l'Allemagne, des États-Unis, de l'OTAN, etc.

RÉSUMÉ

Le livre *L'Équilibre est un courage* s'ouvre sur cette image frappante d'une famille divisée, opposant un Gilet Jaune à un policier, face à face. Pierre de Villiers marque d'emblée ses positions dans une situation qu'il trouve très difficile. Il s'agit d'un appel d'urgence, qui n'est pas pour autant alarmiste : le général d'Armée, qui a quitté le gouvernement du président Emmanuel Macron, donne, désormais, son point de vue critique sur l'état de la France. Cette publication s'inscrit dans une période préparatoire aux présidentielles de 2022 ; elle s'adresse à l'avenir des Français.

À la différence du premier essai *Servir*, qui ne repose que sur quelques chapitres et sur une réflexion générale dans son ensemble, *L'Équilibre est un courage* est présenté en cinq grandes parties, qui se divisent chacune en une trentaine de chapitres : trois France, cinq déséquilibres et des préoccupations au quotidien. C'est le déséquilibre qui menace, la fracture et le morcèlement : face à cette perspective, le livre répond point par point.

Les deux premières parties qui évoquent, plus précisément, ces éléments se consacrent, surtout, à l'image de la France contemporaine, à partir de son territoire géographique : après les divisions politiques, symbolisées par les manifestations des Gilets Jaunes, entre autres, il est question des divisions géographiques et de leurs conséquences : le triangle campagne, ville et banlieue, souvent cité, suscite ainsi de nombreux problèmes à prendre en compte.

Dans la première partie, « Les trois France », Pierre de Villiers donne place aux injustices qu'il dénonce le plus ouvertement et qui constituent un frein dans l'évolution de la société. Après le problème politique des Gilets Jaunes, qui concerne, plus spécifiquement, le mécontentement des Français face au gouvernement, il est d'emblée question des Cités : une image récurrente, une image plutôt sombre. La division est économique, avant tout, selon Pierre de Villiers, entre les Cols blancs citadins, les banlieusards et les ruraux : plus encore, cette division ruine l'unité de la France et son identité culturelle. C'est cette triple division et cette perte d'identité que le général déplore, tout en évoquant son expérience personnelle de Vendéen rural et de militaire, attaché à l'importance de la culture française.

Dans la deuxième partie, « Les cinq déséquilibres », Pierre de Villiers pointe cinq problèmes de fond, selon lui, qui montrent les défauts de la mondialisation et ses conséquences négatives. Il évoque, notamment, les dangers dans le monde, en s'appuyant sur son expérience militaire : il ne fait pas confiance à certains régimes et estime que l'Occident est confronté à des pays qui peuvent susciter des conflits du jour au lendemain. Il s'appuie sur les peurs qui hantent encore, voire de plus en plus, les Français : il évoque ainsi la Chine, les conflits au Moyen-Orient, les attentats, le terrorisme, etc. Tous les jours, les nouvelles ne cessent de s'accumuler.

Dans la troisième partie, « Toute réconciliation passera par notre jeunesse », le général donne une première clé, essentielle, dans sa réflexion : la place à accorder à la jeunesse est fondamentale pour redonner une unité à la France. C'est la jeunesse qui conduit à un dépassement futur de ces fractures. Il dénonce le verbe « subir » : il fait appel, non à une solution, comme il l'explique, mais à des propositions plurielles. La jeunesse concerne les éducateurs, les représentants politiques, mais aussi les parents. La place de la famille est soulignée, comme un centre fédérateur. Il insiste, également, sur les vertus du sport, dans le cadre familial tout autant qu'à l'extérieur. Il faut rappeler que ce père de six enfants, dans la tradition des familles vendéennes, défend, depuis de longues années, la présence familiale dans l'éducation des enfants et le sport comme facteur d'unité, encore trop souvent mis de côté.

Dans la quatrième partie, « Unité nationale », c'est le problème de la relation entre le social et l'économique qui est présenté. Pierre de Villiers dénonce les éléments problématiques dans l'évolution de la société et qui exigent des financements importants, comme les hôpitaux, l'armée, le travail privé, entre autres. Il critique le développement d'une société de l'assistance, qui ne répond pas assez à ses devoirs. La question sociale ne peut se résoudre qu'avec une économie sachant créer une complémentarité entre le privé et le public. Pierre de Villiers donne plusieurs exemples, dont celui de son travail actuel dans le privé, qui éclaire l'évolution de ses positions personnelles, un peu plus libérales, tout en s'appuyant sur un État fort. Il faut, surtout, évoquer le problème de l'Europe et des relations avec l'étranger, à développer, pour rendre une voix plus forte à la France. Dans la même perspective protectionniste, la question de la régulation des arrivées des étrangers en France est importante. Plus encore, la réconciliation des Cités avec la République, pour reprendre le titre d'un chapitre, repose sur une intégration plus forte.

Dans la dernière partie, « La personne au centre des préoccupations », cet ancien ministre éclaire, avant tout, les valeurs qui devraient constituer l'unité culturelle de la France. Les derniers mots de cet essai, le « gout de l'effort », désignent le courage de chacun, pour ne pas subir la situation, dans le langage des militaires. C'est aussi le mot « réconcilier » avec altruisme qui prend une place importante : réconcilier le passé et le présent. L'essai souligne, très clairement, la place accordée au passé comme référence, pour donner une unité au pays. Le mot France est, ainsi, au centre de tout le livre ; Pierre de Villiers privilégie une perspective générale, en s'appuyant sur des auteurs de tous les horizons politiques et professionnels. Il faut noter la présence de grandes figures internationales ayant œuvré au nom de la paix.

Ayant une place un peu à part sur l'échiquier politique français de l'extrême droite, par son approche royaliste vendéenne, sa participation au gouvernement centriste d'Emmanuel Macron a représenté un tournant dans sa carrière. Cet essai lui permet aussi de présenter ses conceptions d'un gouvernement.

ÉCLAIRAGES

Pour approfondir l'analyse de cet essai, le portrait de l'auteur est essentiel, par sa proximité avec le genre des Mémoires.

Si Pierre de Villiers s'appuie moins sur sa vie que dans ses autres parutions, l'auteur ne cesse de faire appel à son expérience et d'y faire référence, en son nom.

PIERRE DE VILLIERS : ESSAI ET MÉMOIRES

1. Général d'Armée et ancien ministre

Dans cet essai, il faut le rappeler, Pierre de Villiers s'appuie moins sur sa vie que dans ses deux autres parutions récentes. Pourtant, l'auteur ne cesse de faire appel à son expérience et d'y faire référence, en son nom. Il insiste sur plusieurs axes, qui sont à la base de sa réflexion et de sa carrière.

Militaire de formation, de métier et de cœur, il se désigne d'emblée comme général d'armée. Même s'il a travaillé auprès du président centriste Emmanuel Macron et même s'il s'est tourné vers d'autres métiers, comme le privé, actuellement, le métier de militaire et les valeurs de l'armée représentent une référence en soi, trop souvent oubliée de nos jours. Il ne s'agit pas d'évoquer seulement ses exigences en matière de budget militaire pour la France, mais de rappeler ce que représentent les militaires pour les Français, qu'ils relèvent ou non de cet univers. C'est, sans doute, ce qui explique la citation d'Albert Camus placée au début du livre. Rappelons ces lignes de ce philosophe écrivain existentialiste, auteur du célèbre livre *L'Étranger*, où la mort s'abat de manière absurde :

> *Aujourd'hui, on dit : « c'est un homme équilibré, avec une nuance de dédain ». En fait l'équilibre est un effort et un courage de tous les instants. La société qui aura ce courage est la vraie société de l'avenir.* (p. 9)

Confronté souvent à la mort et à la question du courage, Pierre de Villiers souhaite donner les valeurs militaires en exemple, tant pour y réfléchir que pour les transmettre. L'auteur n'évoque pas tant de conflits non plus ; l'expérience militaire est plutôt citée comme une école, un peu trop absente de nos jours, que ce soit pour affronter la mondialisation, ou pour réconcilier les différents visages de la France.

Le problème de l'intégration, comme celui des Cités, repose entre autres, selon Pierre de Villiers, sur l'absence d'ordre et de respect de l'ordre ; tout s'y désintègre et se détruit de manière absurde. L'auteur y propose plusieurs projets, dont celui du développement du sport, comme facteur d'unité. Il rappelle combien de jeunes, parfois perdus, viennent trouver un métier dans ses rangs comme légionnaires, aussi pour y retrouver un cadre qui les intègre et les forme.

L'exemple de l'hôpital militaire qui sous-traite des commandes à des entreprises, en s'associant au privé, est un autre élément important, dans cette approche. Il touche le problème de la relation du public et du privé, qui est au centre de son approche de l'économie. De même, il évoque son passage par le monde de l'entreprise, pour l'associer au public, dans une volonté de service public, ou, plutôt, de coopération civique.

Un troisième point est abordé par l'expérience militaire : la politique extérieure. Pierre de Villiers rappelle, avec force exemples, l'importance, impérative selon lui, du développement de la diplomatie et de la place de la diplomatie française sur la scène internationale. Face à l'absurde, dénoncé par le terrorisme, etc., l'intervention de la France est nécessaire, secondée également par des forces spéciales.

2. Un Vendéen *royaliste*

Vendéen, par ailleurs, il place les valeurs familiales à la base de ses projets. Et c'est à partir de cette expérience également qu'il a fondé son bilan politique. On peut y retrouver à la fois des références à sa vie personnelle, en tant que notable de la campagne et en tant que père de six enfants, puisque la Vendée représente, symboliquement, la terre des grandes familles. Ces grandes familles relèvent, certes, d'une tradition ancienne, tout en représentant les valeurs de la politique française, qui ne soutient les familles qu'à partir de trois enfants, plus spécifiquement. Son approche en tient compte dans deux parties de cet ouvrage, en mettant les parents au cœur du système familial, qui est, lui-même, un modèle pour l'économie. On y retrouve des références à Jean Jaurès et aux premiers paternalistes dans l'approche du monde des entreprises.

Dans ce livre, Pierre de Villiers n'évoque pas tant le système éducatif en soi, ou assez peu, que le problème des familles et le rôle des parents, des chefs, au sens large du terme. Dans la continuité de ses deux premiers ouvrages, il s'interroge sur la présence du parent dans la restauration de l'image de la France au quotidien. La France étant divisée, il donne cet élément comme une clé fédératrice, qui concerne une grande majorité des Français. Le dernier chapitre, surtout, s'appuie sur la question du Bonheur de l'Homme, qu'il traite à la lumière des philosophes par sa proximité, rousseauiste, avec la nature.

3. Un homme de culture

Troisième point qui caractérise l'auteur Pierre de Villiers : son attachement à la culture. Il faut noter l'importance qu'il accorde aux références culturelles, en dehors du domaine strictement politique. Elle n'est pas seulement un divertissement pascalien, dans son approche, mais un savoir nécessaire dans son expérience et dans l'approche de la politique. Il cite de nombreux penseurs politologues, philosophes, écrivains, historiens, etc. Il faut rappeler, par ailleurs, que cette figure politique est souvent associée aux spectacles historiques du *Puy du Fou*, même s'il n'en est pas question dans ce livre. On peut citer, malgré tout, ce lieu pour souligner l'importance de la culture. Les spectacles s'y adressent à un large public. Surtout, le chapitre « Tradition et modernité » est à relever : Pierre de Villiers y expose ce qui constitue la culture, selon lui : la connaissance de son passé et sa mise en perspective dans le monde contemporain. La culture est ce qui caractérise celui qui veut représenter la France ; elle est aussi ce qui en fait l'histoire.

LA FRANCE ET SES CHEFS

Si Pierre de Villiers cite des hommes de gauche comme de droite, il ne s'arrête toutefois pas longtemps sur un personnage précis. Il évoque un peu son expérience auprès du président Macron, entre autres. Par contre, il ne s'attache pratiquement qu'à des personnalités historiques. Cette approche de l'histoire politique de la France, à travers ses chefs, s'inscrit tout à fait dans une idéologie de droite humaniste. Le peuple est cité ; mais c'est plutôt la France, personnifiée, qui est le personnage principal, avec son histoire et ceux qui, actuellement, la font ou la défont.

En ce sens, cette publication trouve sa place dans l'actualité des élections présidentielles de 2022, tout en faisant office de *Mémoires* et d'essai sur la France. Les deux aspects marquent le livre et expliquent cette analyse des personnages. On peut, ainsi, évoquer des *Mémoires* par l'approche autobiographique, suite à une longue carrière professionnelle, encore ouverte.

CLÉS DE LECTURE

ÉLOQUENCE ET RHÉTORIQUE DE L'ESSAI POLITIQUE

L'analyse du personnage invite ainsi à lire cet essai à la lumière de l'écriture des mémoires dans la veine des grands mémorialistes. L'écriture s'ouvre sur une image forte et médiatique, qui propose une vision exacerbée et tragique de la France actuelle, secouée, assez récemment, par des changements politiques d'envergure, aussi bien que par le coronavirus. Pierre de Villiers fonde son introduction sur une image éloquente et sur des *grandes peurs*, qui ont toujours été influentes auprès des citoyens depuis le Moyen-Âge, selon l'expression de l'historien médiéviste Jean Delumeau. D'après l'ensemble des trois essais, ce n'est pas tant l'image sensationnelle qui est déformante, puisqu'elle exacerbe une actualité pandémique déplorable, que les réactions face à la situation. Peut-on parler d'un retour en arrière pour autant ? Ce n'est pas ce qui est évoqué non plus. L'auteur utilise pourtant cette perspective propre, comme on l'a dit, à des penseurs de droite pour insister sur l'importance de la place de l'Homme, de chaque citoyen, dans ce contexte. Il ne dénonce pas spécifiquement un gouvernement, si ce n'est indirectement.

L'image forte en introduction est précédée par deux pages, deux dédicaces, l'une personnelle familiale, et, l'autre, la citation d'Albert Camus ; elles situent d'emblée le lecteur sur cette double voie, au croisement des mémoires et de l'essai. L'approche autobiographique, au sens plus restreint du terme, est à nuancer par celle des souvenirs personnels stendhaliens, construits autour d'une pensée sur l'histoire. Tout comme Philippe de Villiers, historien et biographe, auteur de nombreux ouvrages, Pierre de Villiers s'appuie sur des analyses historiques, qui font du passé des modèles de réflexion : l'analyse du retour des grandes peurs, le changement du paysage politique, la montée du coronavirus, la division sociale de la France, la transformation progressive de l'Armée, depuis 2015 environ, sont aussi à la source de ces livres. Cet essai est inspiré par sa vie, comme observateur expérimenté.

Ce sont trois livres qui s'appuient, à chaque fois, sur des notions centrales : *chef*, *service*, *courage*, et sur des questions ouvertes, des questions qui invitent à discuter. Plus proches de l'essai, par ce choix important, qui met l'actualité toujours en regard de l'histoire et de ces notions clés, ces ouvrages de Pierre de Villiers s'appuient sur une rhétorique argumentée, soutenue par de nombreux exemples. Le fil conducteur, idéaliste, est ancré dans une perspective cornélienne et rousseauiste, l'image de la France et le bonheur de l'Homme. Le bonheur de l'Homme, pour ce général d'Armée, passe par la personne, que ce soit le chef ou le citoyen ; il passe aussi par l'image retrouvée d'une France allégorisée comme une personne dont l'unité du portrait serait perdue. Tout ce lexique relève du champ philosophique et de la généralisation ; Pierre de Villiers use volontiers de majuscules pour éclairer une notion et, surtout, la place au centre de son approche. À la différence d'une chronique, les dates ne sont pas toujours précisées ; elles sont mises en regard, par différents exemples, avec le passé. Par contre, la plupart de ces exemples relèvent d'une période assez récente et concernent l'état de la France d'aujourd'hui. Il y a des allers-retours dans le temps et l'évolution des chapitres n'est pas chronologique. Le traitement du temps s'inscrit dans un présent d'actualité en contrepoint au présent de vérité générale, le présent des citations, notamment, sans oublier l'analyse des notions.

Ce n'est qu'au tout début du livre qu'une image plus médiatique et pathétique du peuple est utilisée, tandis que les autres exemples sont traités avec plus de distance ; le livre se termine, à l'opposé, sur des pensées et sur l'exemple de l'auteur lui-même. Ce retour sur les *chefs* est à l'image du chemin qu'il a parcouru et de ce passage d'une expérience professionnelle à l'écriture de ces essais.

La notion de courage est, dans cet ouvrage, au premier plan : elle prend des sens très divers, selon les contextes, tout en s'appuyant sur le domaine militaire et sur ses origines culturelles.

Le mot, formé par le nom *cuer* et le suffixe -age, datant de 1050 environ, désigne différents concepts :

– Tout d'abord synonyme de cœur, il implique, ensuite, l'intention, le désir, la volonté de faire quelque chose ; par ce mouvement, l'ardeur, on retrouve le sens cornélien du XVIIe siècle, qui est repris, entre autres, par Pierre de Villiers attaché au Grand Siècle.

– Le courage désigne également la force d'âme devant le danger, par une spécialisation déjà ancienne du mot, qui intensifie la qualité de caractère par son action ; elle souligne aussi l'énergie morale du courage.

Ce que demande l'auteur aux lecteurs est à prendre en compte dans ce contexte lexical, associé au terme « équilibre » qui peut renvoyer au domaine stratégique des militaires – qui doivent savoir maintenir des forces en équilibre lors d'un combat – et qui vient du latin *aequilibrium*, qui signifie « exactitude des balances ». Cet emprunt savant de 1611 est très intéressant dans ce contexte, en faisant appel, implicitement, au domaine imagé de la justice. Trouver un équilibre, un juste point de tension, pour garder des objets en équilibre : selon le dictionnaire Larousse, on trouve dès 1695, « Juste combinaison de forces opposées, disposition harmonieuse, bien réglée : *Une constitution politique fondée sur l'équilibre des pouvoirs* ». On trouve aussi l'expression courante « l'équilibre budgétaire ». L'équilibre relève du politique et de l'économique avant toute chose : il n'est pas non plus absent du domaine de la tactique militaire et du diplomatique. Mais c'est un repos, qui nait d'une tension, l'énergie du courage. L'argumentation développée par l'auteur est très claire, incisive et structurée : elle repose, elle-même, sur cet objectif d'équilibre et de mesure à retrouver. L'essai, très cartésien dans sa composition, démasque des fractures, donne des orientations pour y remédier, avant de trouver un temps de repos, à conserver, dans le bilan philosophique. Le troisième terme récurrent est bien celui de Bonheur, hérité des Lumières. De l'absurde dénoncé par Albert Camus, nous sommes passés à un autre idéal, à transmettre. Une éloquence paternaliste à son tour, dans une veine et un style plutôt sobre, ou presque.

UN PROGRAMME POLITIQUE ?

Des fractures aux projets d'unité : l'essai repose sur ces contrastes marquants, avant de s'interroger sur le centre de sa réflexion, la personne humaine et l'identité française. L'essai avance de manière contrastée, avec une éloquence héritée des Anciens dans sa composition. C'est à l'image de la France personnifiée, qui semble souffrir et perdre son identité. Et ces images sont nombreuses. Quelques-unes s'imposent, selon Pierre de Villiers, et soulignent des impasses. On ne peut omettre de souligner, ainsi, l'importance de l'ancrage temporel de ces trois essais, dans l'évolution politique actuelle : après une démission, qui a permis à Pierre de Villiers de travailler avec un gouvernement plus centriste, et juste avant de nouvelles présidentielles. On peut évoquer, en ce sens, un projet politique, un programme, même s'il ne relève pas de l'évènementiel. L'auteur ne cherche pas tant la polémique que la conciliation ; il n'use que peu de critiques directes, sur le plan politique, et il n'évoque jamais la vie personnelle des politiciens. Il ne fait pas d'analyse des autres projets politiques ; il se détache, en ce sens, des écrits programmatifs, au sens restreint du terme, tout en exposant son projet.

Dans cette perspective, on peut retenir l'importance du schéma triangulaire qui étouffe la France, selon Pierre de Villiers : le monde rural, les Cités et les Cols blancs. Ces termes sont connotés tous les trois négativement et c'est l'absence de dialogue qui est dénoncée. C'est un élément propre à son analyse depuis des années ; l'auteur déplore la dégradation de la situation. Rappelons aussi qu'il est issu du premier milieu, qu'il travaille avec le second et qu'il est un Col blanc. La nature et le monde de la campagne ne sont pas pris assez en compte, selon cet auteur : ce sont des déserts médicaux et professionnels, où règnent, trop souvent, des déséquilibres éducatifs, etc. Les questions reviennent sans trouver de résonance, malgré le poids de cette France oubliée, selon Pierre de Villiers. La campagne représente pourtant, selon lui, un point d'équilibre, une issue éventuelle à la confrontation entre la Cité et le monde des Cols blancs, qui perdure depuis des années. Dans la réflexion sur le bonheur, la nature est un idéal qui donne une chance à l'homme de se retrouver. Elle est à respecter au nom du respect de l'Homme. C'est dire aussi qu'il y a une troisième voie à développer. S'il n'est pas étonnant de ne pas voir le thème de l'écologie, dans ce projet, puisque cette perspective ne relève pas directement des propositions politiques de l'auteur, le thème de la nature et de l'environnement à préserver a pris de l'ampleur.

Il faut évoquer un deuxième point, qui a déjà été évoqué par son importance dans la conception de l'économie et des valeurs françaises à défendre : la place de la famille dans la société, comme schéma structurant, tant au niveau personnel qu'économique. L'encouragement à développer une politique paternaliste, qui place la personne au centre d'une filiation, est ce qui distingue l'identité française. Le chapitre qui place les jeunes au centre de la société est aussi à comprendre dans le cadre d'une politique nataliste. Il encourage la coopération. Le mythe de la tradition est toujours à l'horizon dans cet essai. Celui du foot, à son tour, comme un sport plus coopératif que collectif, par excellence, pour Pierre de Villiers.

Pour finir, il faut évoquer un troisième point spécifique, la critique du virtuel. Alors que cet ancien ministre a de nombreux points en commun avec des penseurs politiques de droite et au-delà, il dénonce les limites de la mondialisation, qui efface, négativement, les identités nationales. Le virtuel, qui envahit les foyers et le travail, au nom, entre autres, de la tradition, est à limiter. Plus encore, il rappelle les vertus du travail de l'homme qui est trop souvent mis de côté par les avancées du virtuel : alors que la machine représentait un progrès au début du XXe siècle, cet auteur se demande si la machine n'a pas trop tendance à remplacer l'homme. Le retour à la vie, pour une part aussi manuelle, que ce soit en ville ou à la campagne, mais aussi à une vie citadine de qualité, doit se faire dans et par le travail ainsi que par une relation réelle au monde et aux autres.

Repenser le triangle du territoire, recentrer le monde des familles au cœur de l'économie, ou encore refonder les relations entre le privé et le public par la notion de coopération, etc. : autant de propositions politiques essentielles pour Pierre de Villiers.

UNE LECTURE PHILOSOPHIQUE DE L'ESSAI

L'essai présente, certes, des propositions, voire des mesures politiques, tout en faisant un bilan sur l'état de la France, et ce depuis l'arrivée du coronavirus. Beaucoup d'écrits ont été publiés face à la situation d'urgence nouvelle qui a bouleversé la France. Même si le coronavirus est assez peu évoqué dans le texte, il est dénoncé comme un fléau trop peu pris en compte. Et s'il n'est jamais directement question de recherche médicale, l'auteur déplore les manques dans ce domaine.

En tant qu'« Homme de guerre », c'est avant tout à la paix qu'il fait appel et à une grande vigilance. Il faut noter la présence assez importante de citations de politiciens pacifistes ou de figures qui ont œuvré au nom de la Paix, allant de Nelson Mandela à Gandhi, en passant par Martin Luther King : « Nous ne devons pas être des thermomètres qui indiquent la température de la majorité, mais des thermostats qui transforment et règlent la température de la société » (p. 201).

Cette personnalité politique a su réunir des peuples ; sans doute est-ce ce qui explique la volonté de Pierre de Villiers de rappeler les vertus du « chef » qui doit savoir user de diplomatie. Les derniers mots du livre se terminent, ainsi, sur un appel à la paix. Il s'agit non seulement de pacifier les relations entre les Français, les relations entre la France et l'international, mais aussi d'insister sur la paix comme une valeur à défendre, au nom d'idéaux universels. L'unité recherchée de la France repose, selon l'auteur, sur cette réflexion plus générale qui éclaire, surtout, trois notions clés : à celles de « courage », d'« équilibre » et de « bonheur », entre autres, il faut ajouter celles d'« Homme », de « France » et de « Paix ». Le terme « France » revient si souvent, dans tout le livre, comme sujet, certes, mais aussi, comme personne. L'image de la France est celle qu'on lui donne et celle qu'elle représente ; sa fonction de représentation est importante pour l'auteur ; on y retrouve un fond nationaliste, qui a toujours été présent dans la politique des De Villiers. L'Homme y trouve son identité. Mais il ne s'agit pas seulement d'y retrouver l'image d'une identité nationale, comme fondement d'une politique. Il s'agit aussi d'y entendre une approche philosophique, reposant sur la personne, l'individu, un Homme, au sens diderotien et rousseauiste du terme, plutôt que sur un « collectif ». La France est à l'image d'une personne, car la personne est au cœur de la société, selon Pierre de Villiers. L'auteur souhaiterait développer davantage de coopération et de relations paternalistes, dans le travail comme dans le sport, etc., mais non du collectif. Les modèles diderotien bourgeois de la famille, comme celui, rousseauiste, d'une relation réconciliée avec la nature et la culture, sont nécessaires dans la constitution d'une personne, le français et la France. Et c'est en partant de cette personne que cet auteur propose sa réflexion sur un pays.

Le quartier sensible des Mureaux est cité, ainsi, à plusieurs reprises ; il représente la désintégration et la dissolution de ces valeurs : « Éducation, sens de l'histoire, mémoire collective sont bien les fondations sur lesquelles nous pourrons reconstruire la nation » (p. 116). L'expression « mémoire collective » invite à développer les commémorations, les hommages historiques pour ne pas perdre le sens de l'histoire et d'une tradition. L'unique sens du terme « collectif » ici relève de ce qui est de l'ordre du devoir : une histoire à assumer, à ne pas subir, et une philosophie à développer, pour l'avenir.

Comme Pierre de Villiers et la famille élargie de cet auteur représentent des figures un peu à part dans le paysage politique français, que ce soit par leur nationalisme très traditionaliste, ou par leur évolution aux côtés des centristes du gouvernement Macron, au nom d'un idéal politique indépendant, il est important de noter cette approche historique et philosophique. Il faut ajouter, ainsi, que l'accent est posé sur trois éléments de l'Homme, qui constituent la France : le sport, pour le corps, très important dans l'Armée, pour les Cités, les jeunes, etc. ; le courage, la force morale ; et le retour à une politique des talents, pour ne pas oublier, entre autres, l'esprit, avec une conception plus pyramidale et hiérarchisée de la France. Il est peu question de modèles étrangers, puisque l'auteur s'appuie avant tout sur l'histoire de la France.

Un autre point à relever : alors que notre société actuelle a pris l'habitude de mettre un peu de côté le domaine militaire, Pierre de Villiers rappelle que c'est à partir de cette situation d'observateur qu'il souhaite fonder une politique.

PISTES DE RÉFLEXION

QUELQUES QUESTIONS POUR APPROFONDIR SA RÉFLEXION...

- Peut-on analyser, avec plus de précisions, le portrait de l'auteur et lire cet ouvrage comme des *Mémoires* ? Peut-on mesurer la réception de cet essai, à la veille des élections présidentielles en France ?

- Quelle est la place de l'Armée dans ce livre ? Peut-on parler d'un modèle de réflexion pour l'État français ? Quelles sont ses valeurs et quelles sont ses perspectives : quelle est l'image de l'Armée pour Pierre de Villiers ? Quelle est l'image de l'Armée pour les Français ?

- Peut-on parler d'un idéal philosophique des Lumières ? Quelle est la place de la nature dans l'évolution de la société ? Pourquoi l'écologie n'apparait-elle pas du tout dans ce contexte ?

- Quelle est la place de la culture ? Pourquoi accorder tant d'importance aux siècles passés ? Le « chef » se doit-il d'être un homme de culture, pourquoi ? Qu'en est-il dans la société, pour les Français, et dans l'éducation ?

- Le problème des Cités, de l'intégration et des étrangers est-il polémique dans cet ouvrage ? Comment sont-ils représentés dans cet essai ? Que propose l'auteur plus spécifiquement comme mesure ?

- Quelle est la place du travail dans la société ? Que faut-il entendre par le bonheur au travail ? Quelles études défend Pierre de Villiers ?

- Peut-on rapprocher les propositions de Pierre de Villiers d'autres programmes politiques ? En quoi son approche diffère-t-elle de celles des autres partis de droite ou d'extrême droite ? Comment la politique « sécuritaire » d'extrême droite est-elle revue ? Et comment lire les citations de Jean Jaurès et d'Albert Camus dans ce contexte ?

- Quelles sont la place et l'image de la femme dans ce livre ? Quelles sont ses relations avec l'homme ? Comment Pierre de Villiers se situe-t-il dans le développement des études de genre et des mouvements féministes ?

- Le modèle royaliste vendéen est-il un modèle pour la France ? En quoi ? Quelles sont son histoire et ses particularités ? Comment apparait-il dans cet ouvrage ?

POUR ALLER PLUS LOIN

ÉDITION DE RÉFÉRENCE

- DE VILLIERS P., *L'Équilibre est un courage*, Paris, Fayard, 2020.

ÉTUDES DE RÉFÉRENCE

- DE VILLIERS P., *Servir*, Paris, Fayard, collection « Pluriel », 2018.

- DE VILLIERS P., *Qu'est-ce qu'un chef ?*, Paris, Fayard, collection « Pluriel », 2019.

- GARY R., *L'Autre Général*, Paris, Fauves éditions, 2021.

SOURCES COMPLÉMENTAIRES

- WINOCK M., AZEMA P., BIRNBAUM P., ..., *Histoire de l'extrême droite en France*, Paris, Éditions Points, 2015.

- FONTENAY E. de, *La grâce et le progrès : réflexions sur la Révolution française et la Vendée*, Paris, Stock, 2020.

lePetitLittéraire.fr

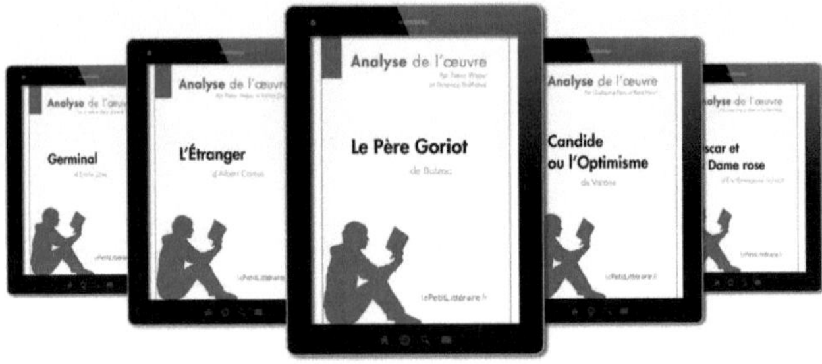

- un résumé complet de l'intrigue ;
- une étude des personnages principaux ;
- une analyse des thématiques principales ;
- une dizaine de pistes de réflexion.

**Retrouvez
notre offre complète sur
lePetitLittéraire.fr**

L'éditeur veille à la fiabilité des informations publiées,
lesquelles ne pourraient toutefois engager sa responsabilité.

© **LePetitLittéraire.fr, 2021. Tous droits réservés**

www.lepetitlitteraire.fr

ISBN version numérique : 9782808027038
ISBN version papier : 9782808027045
Dépôt légal : D/2021/12603/192

Conception numérique : Primento,
le partenaire numérique des éditeurs.